真夏のシアン

熊谷純歌集

Kumagai Jun

短歌研究社

真夏のシアン・目次

I

装幀　真田幸治

熊谷純歌集　真夏のシアン

I

催花雨

押入れでじつと出番を待つてゐる君が昨年くれた手袋

今朝もまた伸び悩んでる温度計あせらなくても春は来るから

地にありし雪の姿は消え去りて残雪のごと浮かぶ白雲

らふそくの炎のやうに不規則に伸びては縮む小さな心

平等に流るる時の真ん中で平等でない命を削る

外見で判断できぬこともありゆでたまごかもなまたまごかも

厳格な人の素顔を見たやうな夜の信号赤の点滅

やれるだけやつてみますと洗濯機身を震はせて唸りを発す

春雨を催花雨と呼び親しめば心の奥のやはらかさ増す

あぜ道でラジオと男が伸びをする菜の花ゆるる七回の裏

A型もAB型もB型も卒業生はみんな旅立つ

茶毘に付す煙の下の公園でわれ限りある命を燃やす

ゆく道のあちらこちらに落ちてゐる小さなもののただ一度の死

いつぴきの快楽主義のみつばちが桜の花に顔をうづめる

何となく「どくろ」と「つつじ」似てゐたな書けないけれどそんな気がする

会へぬ日は君のメールを読み返す新解釈が生まれるくらゐ

ＤＪが必死に咳をがまんするその苦しさも届けるラジオ

全身に親の祈りを受け止めて風と向き合ふこひのぼりたち

君の背を撫でる右手は本当は自分の心をさすりつづける

夏の陽

明確な使命を抱いて生きてゐるサラブレッドが我をみつめる

ひとつづつ生まれる夜がひとつづつ静かに明ける　君に会ひたい

勝ち負けは夏に決まると書いてある塾のちらしに想ふあの夏

来賓の市会議員が会場の小さなごみをさらりと拾ふ

庭先に咲いたひとつのパンジーが朝の光にウインクをする

市役所の掲示板なる公告のあせたる紙の朱印あざやか

アクセルかブレーキかといふ選択肢みぎ足かるく決断をする

石ひとつ落ち葉ひとつで延延と遊ぶ幼の影がのびゆく

満月の夜に海辺の貝がらは蝶に変はりて飛び交ひはじむ

夏の陽がアパートの背を焼いてゐる五〇三は空室のまま

あやめの舌

君が待つ五階の部屋へ右足と左足とが競って上がる

五分前投函をした一通を自分の力で取り戻せない

五月雨にあやめの花は舌を出す酸いも甘いもセシウムさへも

性欲を抜きにしたなら今日僕は本当に君に会ひたいだらうか

また今日も大きな黒い口を開け虹を飲みこむそして吐きだす

青春のまつただ中の男たち夜のコンビニ花火買ひこむ

秋の道かなはず散つた幾万の夢がべたべたと手まねきをする

神さへも恐れぬ噂の「人間」がみつかりましたご覧ください

節電と省エネのため「人間」はだいたいいつも眠つてゐます
「人間」はかなり詩的な動物で欲を言の葉で隠してゐました

未来のしっぽ

早くから右に左に陣取りてすすきの群れは月の出を待つ

眠れぬ夜　窓を半分開けてみる開けた分だけ秋が舞ひこむ

映画館の真下の本屋で君を待つポップコーンの香に包まれて

どうしても君に会へない雨の日も歩くと自然に両手は揺れる

平日の雑踏のなか目を閉ぢる助けを求める声が聞こえる

まつすぐな街を離れてたどりつく秋の野原のあまたの曲線

言ひ訳を考へながら行く道に勢ひつけて落ちるどんぐり

同じ道歩いて同じ人に会ふすべて同じだこれは昨日だ

校庭で男の子たちが追ひかける自分の影と未来のしつぽ

真つ黒な夜が流るる川べりをとろとろ歩く帰りたくない

八月（平成二十四年）

夏休み塾の窓にはぼんやりと流れる雲と未来のわたし

星が降るだれかに呼ばれてゐるやうで何度も振り向く八月六日

八月の風が静かに後ろからまだ真っ白なページをめくる

流水をあちらとこちらに選り分けて大きな石が川に居座る

とろとろとてんどうせつにあこがれてプラネタリウムの椅子にまどろむ

まだほんの六十七年前のこと止まない雨が降り出したのは
新しい会社の窓に見えるのは怒られてゐる人の横顔
穏やかに漂つてゐた水鳥がしぶきをあげて捕へる命

ぐしやぐしやになつてしまつた世の中できつと敗者は笑ふのだらう

傷つけど頽れぬまま沈黙す原爆ドームも君の心も

出口

本当は寂しいなんて叫べずに群がりて咲くあぢさゐの花

「閉めて閉めて電気消してガス止めて」出かける前のあなたは歌ふ

昼寝からゆつくり起きる夏の子の頬に畳のあとがはりつく

両脚をそろへ世界の片隅へ思ひ切りよく飛び出してみむ

両眼から滴る涙の半分は次の涙の源となる

両肩に別別の鳥を憩はせて今日も真顔の銅像は立つ

鈍色の石が冷たく整列し見下ろしてゐるちぐはぐな街

一日の気分を左右しかねないあなたの次の一言を待つ

午後の駅待ちくたびれた目の前にあなたは止まるわづかにずれて
ひとりでは立てない針の頭にはこの世の出口がぽつんと開く

彼岸花

燃え盛る赤い炎の彼岸花に少し冷たい両手をかざす

「ソビエトは崩壊するよ」と色あせた写真の自分に言葉をかける

窓際にかけたコートが暗がりにぼんやり浮かぶ君の形で

日めくりのまだまだ尽きぬ今日の日も誰かが誰かを生み落とした日

またひとつ大きな橋が架けられて新たな影をもつ太田川

正確に同じ動作を繰り返し機械はもみぢ饅頭を焼く

ずぶ濡れの青春の日の思ひ出を一ページづつゆつくりはがす

人類はこれからさらに進化して牛乳パックは開けにくくなる

隣席に見知らぬ人の座したれば二人の会話はよそゆきとなる

雨つぶのひとつひとつにていねいに反応をする柿の葉の群れ

コスモスの花びらほどの間かくをあけて家族が囲む食卓

冷たい指

新しい小さな傷が痛むのでむかしの大きな傷を忘れる

行くあてもない日の午後にひとしきりしだれ柳の風をみつめる

陸海空自由に選べる水鳥が今日はわたしの横で遊べり

つままむとすればするりと逃げだして丹波の黒豆弾む指先

部屋ぢゅうに夜が溶けこむその前に冷たい指でカーテンを引く

夜のコンビニ

北風が力の限り押してゐるコンビニエンスストアの扉

煮つまつたおでんのたまごが悲しげに沈んでゐますすくつてください

ほほ笑みを仕舞つた若き蝶たちが光を求める夜のコンビニ

充電を終へた夜中のコンビニは朝のコンビニへと進化する

駅からはちやうどあそこのコンビニが今年の恵方の南南東だ

ランニングシューズ

右腕に残るあなたの重みまで確かな夢が眠りを覚ます

もし明日だれかがなにかを起こすなら「前夜」と呼ばれる夜の静かさ

春先のレースで初めて履いてみる菜の花色のランニングシューズ

春の日に考へすぎた利き足が踏み出し方を忘れてしまふ

書き初めに姪の書きたるゆめの字は蕾のごとく丸くふくらむ

広島平和記念資料館

見なければならぬ知らなければならぬ静かに並ぶあの日の遺品

地図のうへ波紋のごとく広ごれる輪のま中には爆心地あり

描かれし炎は赤き手を伸ばしわたしの心を冷たくつかむ

語り部の口から死者の声を聞く水をくださいい水をください

夢を抱き走り回つてゐただだらう小さな靴も「名もなき遺品」

黄色い帽子

石ころを蹴とばし蹴とばし少しづつ家に近づく黄色い帽子

犬の目の黒くにごりて我を見る緑まばゆき公園の中

この足は誰と競つてあせるのかみんな同じ場所へ行くのに

風強き夜に歌集をひもときて「あとがき」のころ静けさ戻る

朝早く頬の辺りに春風と冬の名残が渦巻いてゐる

よく晴れて少し眠たい月曜の土手の桜はまだ三分咲き

春風の吹きしく街の真ん中でわたしの名前を呼ぶ声がする

遠くから順に枝葉を騒がせてやうやく頬にたどりつく風

追ひかけて追ひかけられて水鳥は手をつながずに愛を伝へる

「う」の漢字浮かばぬままにうろうろとう余曲折を重ねてきたり

残響を風へとしぼり出したあと平和の鐘はかすかに揺れる

一筋の白い光と交はつて桜は明日すべてを開く

それぞれの闇を四角く背に負ひて一年生が走る放課後

冷めたパスタ

午後六時あかるさ残る庭先で広島弁の鴉が騒ぐ

二本づつ器用に足を動かして蜘蛛がわたしの影を横切る

努力して夢をかなへた人たちの「夢はかなふ」がのしかかる夜

みどり濃きさくらの下に六枚の候補者を見る傘をかしげて

友だちがゐないのなんて太陽がないやうなもの　どうつてことない

良識が求められてるわれわれにまだまだ非常事態は遠い

ひそやかに想ふ名しるし折り畳む恋文ならぬ投票用紙

劇的なことなど何もない夜に冷めたパスタを巻きつけてゐる

電線の上にて羽を震はせるつばめの白き腹のふくらみ

24・7 twenty-four seven

三十九かすかな熱を抱いたままコンビニエンスストアのバイト

星のした郵便箱を経由して徒歩七分の扉を開く

春風に時をり抗はうとするむすび百円セールののぼり

満開の桜の花が揺れてゐるわたしにはもう卒業がない

人間の顔を見ないで人間の手ばかりを見てお釣りを渡す

大きな手さびしさうな手汚い手傷だらけの手やけに白い手

雨のなか出かけなければこの傘は濡れもしないし乾きもしない

いつものをいつもの通り買ひに来る脳へいつもの声を届ける

コピー機のどこかに蟬が潜伏しギギギジジジと声を響かす

死ぬことを保留してゐる若者が駐車場を汚して騒ぐ

ごみ箱に投げ捨てられた新聞の十一面にわたしの短歌

君づけで名前を呼ばれ見上げると丸い笑顔が目の前にある

旧姓で名乗る笑顔がだんだんと同級生の面影になる

看板の上の烏が降りて来て足の先から地面に触れる

明日からも生きるつもりの君のため淡い光を消さないでおく

待つことも待たせることも慣れてない四人並べば何かがおこる

秋風と寄り添ひ入つて来た人が置き去りにして出口へ向かふ

潔く命の期限を前面に押し出して待つ棚の弁当

初めての顔と顔とが春本の斜め左で待ち合せする

満月の夜の電話で五分ほど知らない人とつながつてゐる

伝言は流れるうちに削られて盛られて夜のわたしに戻る

横を向き頽れさうな珈琲を仲間と同じ前向きにする

四台の監視カメラに映らない危ふい影に心を開く

音もなく重なる雪へ向けた眼が白一色の女性を映す

泣きながら携帯電話で話す人の心の奥を温められない

窓外の景色を白く阻むのは指名手配のポスターの裏

すぐ先に新たな店が開かれて前夜の闇は光に溶ける

こつこつと命は果てに近づいて二十四時間傷ついてゐる

来る者は拒まず去る者は追はずひかりも透かす二枚の扉

一年ぢゅう記念日となる時が来て黙禱をする「7・11」

ひらがなひとつ

家ぢゆうの窓を開ければそれぞれが違ふ角度で夏を切りとる

みづからの影を川面に遊ばせてふはふは歩く夏の恋人

路地裏の大樹のかげに散らばりて事件のやうな白き花びら

この街にふたたび冬が来ることを信じてみても汗は噴き出す

図書館の窓際に来て座したれば男の影も読書を始む

ひらがながひとつ目覚めて動くごと蟻が三面記事をさまよふ

新聞に載りたる凶悪犯の顔角も牙をも持たぬ人間

残酷な事件のあとにまたひとつじわりじわりと暴かるる闇

大小の国語辞典のひとつづつ雨の頁《ページ》に光を当てる

われわれの頭の上の毛髪は思想を帯びた植物である

木の棚に三冊分の空洞を残して夏の図書館を出る

しあはせな終りにたどりつくためにはじめの涙から読み返す

あさつてまでは
靴ひもを固くむすびてあざやかな苔のむしたる遊歩道ゆく
まつすぐに歩くあなたの見逃しし景色に秋の輝きのあり

ひとつづつあなたのこぼす断片に知らない過去がするどく光る

枝先に熟して落ちぬ柿の実が悲しいくらゐ秋を集める

影のないあなたの笑顔に反射するわたしの中に降りつづく雨

街灯のなき山深く訪れるこびへつらはぬほんものの夜

言ひ過ぎてしまつた言葉はくるくると秋の夜長を静かに踊る

少しづつ夢の登場人物が現実よりも増えてきてゐる

とりあへずあさつてまでは生きてみてその日に決めるそのあとのこと

宴のすみ

ふるさとに近づくにつれゆつくりと月の光もやはらかくなる

冷めかけた十月なかばの風色を子ども神輿がかき混ぜて過ぐ

あざやかな祭りの中で目を閉ぢて我はさびしき樫の木になる

たけなはの宴のすみにてただひとり琥珀色なる影をながむる

庭の木の枝を数本切りたればほどけ始むる風のかたまり

いつの日か生まれる死なない人のためばう大な夢を用意しておく

人ごみをぬけてしばらく秋色のおち葉の音を踏みて楽しむ

自販機がとりはらはれて自販機の下にたまつた光も消える

鞦韆に乗る君の背を軽く押す両手に君の背はかへり来る

真夏のシアン

朝の陽が堅き心を貫きて目覚めよと言ふ恋せよと言ふ

日常のあふるる駅にぎらぎらの非日常をふりかざしゆく

水辺なる若葉の青のしたたるを眺むるわれの影はさびしも

何もかも小暗き森に閉ぢこめて忘れしことも忘れてしまふ

やみくもに戦ひ傷を増やすよりじつとしてゐるとふ選択肢

くれなゐのだるまは双の眼を持ちて部屋に居座る完全として

考ふる想ふ感ずる思案する心はいつもふるふるふるふ

あざやかな思ひ出そつとひもとけば渡れる風は真夏のシアン

ほんたうに言ひたきことを言の葉にかくしかくして千年が経つ

解説を読めば読むほど両脚はぎこちなくなる走れなくなる

悶悶と終《つひ》の裁きを待つ君よ星座の下へ駆け出してゆけ

長年の夢を遂げたる人の上さぞやさぞやと降りやまぬ星

職業の欄に「アルバイト」を埋めてしばし鳴らざる風鈴を見る

午前二時しろき器にひとつづつ歌のかけらを並べてゆかむ

ていねいに夜と朝とをくり返す空は逃げ出すすべを持たざる

II

辞めたのに

おだやかな正月二日の風のなか幻のあを馬のいななく

いくたびも再放送をくり返しみんなの記憶となるものがたり

これ以上やはらかくてもかたくても卵の殻は楽しく割れない

辞めたのにはるか昔に辞めたのに上司の癖が忘れられない

ポケットに冷たき両手を入れながら今年最初の嘘をつきたり

真昼間も光届かぬ部屋のすみ黒きコードはからみ合ひたり

怒りもて投げし器の欠けもせで床の上にて冷たく光る

したためし祖母も添削せし伯父もこの世を去りて手紙は残る

大きなる滝の切手と筆圧の強き宛名を飽かず眺むる

なけなしの想像力にて推しはかる我が人生の最期の五秒

真っ青な太平洋に指を置き右へ一回地球を回す

たてがみ

右足の先を東北東へ向け春風のなか歩き始める

降る雨をまづ手のひらに確かめて四月の街を急ぐ人びと

図書館の窓とあなたのあひだにて雨に打たるるさくらの大樹

もう母を確かめもせずをさな子は飛び出す絵本を閉ぢては開く

めとりたることとなき我の手が握る雨傘の柄はやや熱を帯ぶ

道のべにはりつく軍手に近づきて後出しなれど挑む左手

コンビニのレジの横には箱のあり祈りを捧ぐる場所のごとくに

帯にある推薦文に読みほれて新刊の書を一冊買ひぬ

トイレから手を洗はずに出て行つた人の分まできれいに洗ふ

うつむきて雨に濡れつつ歩くのは制服を着たほやほやの自我

このくらゐ胸が欲しいと少女らがのぞきし雑誌あとで確かむ

改札をぬけたる人はたてがみをなびかせながら持ち場へ急ぐ

おとなしく主を待てる馬のごと駐輪場に並ぶ自転車

ぼんやりと浮かぶさくらのあはひより鋭きまなこの気配を感ず

寄り添ひて歩くふたりの傘の上《へ》に雨はやさしく脚を下ろせり

親雲はあまたの雲をひきつれて速度を上げる未来の方へ

太陽へあなたの傘を広げれば昨日の午後の雨がにほへり

ねぢれつつ

益もなきことに夜ふかしせし後の重きまなこの見る白昼夢

語呂合はせにて大脳にこびりつく君の携帯電話番号

知らぬ間に更地となれる地のうへに寿司のお皿は回りつづける

来たるべき恋に備へてしばらくは凪のやうなる時に身をおく

歯の白き立候補者は手袋を外さぬままに握手を交はす

背も鼻も我より高き青年がカメラを向ける原爆ドーム

つぎつぎに心の奥に言の葉はうち重なりて色あせむとす

電線ゆしたたるごとく畑へと降りゆく雀のいち、にい、さん、し

また明日を憂ふる我の目の前で畑の蝶はねぢれつつ舞ふ

女の子ふたりがのぞきこむ川を風船ひとつ流れゆくなり

死してなほ居場所を求むる人のため山は開かれ墓地となりゆく

ひとひらの投票用紙に冷えた手でひとつの名前をゆっくりと書く

いつもとなりに

何もかも捨てて身軽になりたるにふたたび恋を拾はむとする

あちこちに君の面かげの散らばれる小さな店に今日も働く

ていねいに薄き衣をはぎとりてペットボトルを激しくつぶす

レジを打つ我が前に立つ人間は見えない人との話に夢中

レジを打つ我の後ろにずらずらと明るき名前のたばこが並ぶ

ボーナスに浮かれた一万円札がレジのすみにてしばし安らぐ

秋空に浮くちぎれ雲どうしてもみんなと同じやうにできない

生きてゐるあひだの祭り生きてゐるあひだの花火あな騒騒し

さびしさとわづらはしさを思ひみて我は今夜もさびしさをとる

真夜中にいつもと同じパンを買ふ人の名前も憂ひも知らず

眠らむとすれば眠りがおとづれて君との恋はすでに終はりぬ

死はいつもとなりにをりてわが眠るときはやさしきまなこを向ける

電話

いくたびも読みし長編小説の始めのやうな朝を迎へる

最後だと言へば許してくれさうな君に最後の電話をかける

まづ君のぐしやぐしやをみな聞きしのち我がどろどろを君に伝へる

半年をかけてうすれし恋ごころ今朝の電話にふたたびつのる

住所氏名年齢職業の途中にて突然書けなくなるボールペン

停戦の約束をする人間が期限の切れてまた殺し合ふ

好きならば許せるはずのひと言に大きく開く朱の曼珠沙華

もう二度と一緒に笑へないやうな予感におびえ三日月を嗅ぐ

本当は生きて満たされたいけれど頑張れなくて消えたいと言ふ

約束の場所

あたたかきものの居場所はせばめられ夏に向かひて走るコンビニ

土砂降りの音を聞きつつひつそりとわたしは白きものばかり食ぶ

大好きな君のアルバムにて光るわたしと出会ふ前の太陽

約束の場所で静かに目を閉ぢて君が来るのを耳だけで待つ

かけら

涼やかな音をひびかせ真夏日の厨で君は胡瓜を刻む

いま我は君の瞳と君の手とかけらばかりを占拠してをり

いつもながら声もかけずに軒先へ回覧板を立てかけてきぬ

殺されしジャーナリストが最後まで伝へむとせし言葉を思ふ

いま何を食べたのだらう裏側の原材料を確かめてみる

盛夏の余韻

くわうくわうとコンビニエンスストアは闇のおもてを照らしつづける
うす暗き駐車場へとあらはるるあなたはいつも明るき顔で

もう二度と光に会へぬとあきらめし心をあなたの言葉が開く

とりどりのペットボトルを並べつつレジ前に立つ笑顔をながむ

まだ何も聞けぬわたしに輝けるほんの一部をほのかに見せる

守るべきふたりの距離を測りつつ監視カメラの死角で話す

隠しても仕方なければまつすぐに汚き闇もすべて差し出す

来る客を知らせる軽きベルの音に熱き会話はまたはばまるる

本当に伝ふるべきを言ひ忘れ連続ドラマのゆくへを語る

うつすらと浮かぶあなたの足跡はわたしの通らざりし道の上《へ》

話すたび見え隠れする影のありおほきな傷とちひさな猫の

図書館の冷たき椅子の端にかけＡＢ型の性格を読む

道すがらいくども名前を口ずさむとびらを開く呪文のごとく

待つことも夏の大事な序章だと思へるくらゐ燃え上がりたり

休日の顔をはりつけたうたうと遅れて来たる言ひ訳をする

公園のもう咲ききれぬひまはりに一年前のけふを思へり

手をつなぎ歩けば分かるお互ひのペースの違ひ興味のちがひ

晴れ間より生まれたばかりの雨つぶがたつた一度の落下を終へる
ひと切れのお好み焼きとあなたへのことばがのどですれ違ひたり
もしこよひ月が空から消えるならふたりは何を手にするだらう

両の手のほのほにはしやぐ声を背に線香花火の束をばらせり

あやふやなことばのこもる寝室の扉を閉ぢて現実を消す

大きなる蒲団の下に隠れたるふたつのベッドとベッドのすきま

帰らねばならぬ時間を引きのばし朝日の中で口づけをする

約束を乱しし雨は群れたまり火曜の空の色に染まりぬ

駅前の喧騒を抜け風のなか小さな口は訣別を告ぐ

ただもとに戻るのみなりじつくりと心をなだめ眠らせむとす

窓ごしに舞ふ雪片を指で追ふあなたと言葉を交はせぬままに

あを色のポイントシールを集めをりふたたび会へる日を祈りつつ

まだ夏の余韻の残るわが耳に聖誕祭の歌曲が届く

「ありがたうございました」

あたたかな家庭のにほひのただよへるあなたの家で子猫が太る

公園のベンチに座る三人が昨夜のカープのすべてに怒る

背の高きお隣さんが背の低き母にくれたるひまはりの種

絶え間なく代謝のつづくコンビニで老廃物のやうに働く

大きなるガラスの窓にうつりたる夜がうすまりてわたしは消える

降格も昇格もなく昨晩と同じ仕事をするアルバイト

心臓の前の名札がふるへ出すあなたの声が我を呼ぶとき

いつまでも棚に残れる一冊の結婚情報誌を間引きたり

真夜中にひっそり開くごみ箱に春には春のごみがあふるる

「ありがたうございました」をひと晩ぶん投げかけたころ朝日がのぼる

ポスト

会へぬ日はあなたを思ひつらつらと日記のやうな手紙を書けり

あなたへと正しく想ひが届くやう銀の星座の切手を選ぶ

行く先のちがふ言葉が重なりてポストの中でひと夜を過ごす

あなたのため流しし涙の道すぢをこよひ静かにたどる目薬

たましひが庭にとけだしさうなほどあやめの顔は雨に打たるる

あなたへとつづく明るき階段の真ん中ばかりすりへつてゐる

雨音のうすれて得たる明けがたの夢は夕べのつづきにあらず

Ⅲ

うつくしき誤答

やはらかな君の翼に触れたとき死ぬのが少しこはくなりたる

川土手の桜の花がうらやましひととき咲きてすぐに消え去る

日常に忙殺されて考ふる暇なき人のつくる行列

何もかも捨て去る時の喜びを知るゆゑ捨つるために拾へり

いくつものバイトと四つの会社辞し街には元の職場があふる

いくたびか消え去る準備もせし世なりロスタイムとぞ思ひて生きむ

わが家から最寄りのコンビニにてレジを打ちては帰るもうすぐ七年

夢といふ贅沢品を持たざればただただ静かにこよひも更くる

空にまだ月の割れずにあることをひどくねたみて寝ずに働く

警報機ひとつを首にぶら下げていつでも自爆できさうな春

ごみ箱に集められたる空き缶のひとつひとつにわづかな残余

さびしさに右手を強く握りつつ明日は爪を切らむと思ふ

ほの香るアルコールにて手を浄めストアスタンプの日付を変へる

こちらからかけてはならぬ番号が頭の中でぐるぐる回る

暗闇ゆ一円玉をすくひ出す指にみとれて顔は見ざりき

寂しさをしばし忘れて並べをり新発売のシュークリームを

ぜう舌な君がしづかに立ちつくすわれは黙りて知らぬふりをす

人足のとぎれたる店おほきなる棚の間で心は躍る

たんたんといつもの通りこなしたる夜にとつぜん出題さるる

吹く風があたたかくなりいつもより十円玉が減つてゆく朝

しなやかな君の両手が整然とおでんの辛子を並べて帰る

山奥にバスを待ちたる心地にて眠りの波を今かとぞ待つ

メビウスの8ミリソフトのあの人を見かけぬままに三月《みつき》が過ぎぬ

この街のどこかに鍵をかくすからみつけて誰か訪ねてほしい

死の味を記さむためにあまたなる賢人たちよ還り来たまへ

ずぶ濡れのほろほろ鳥を飼つてゐるだれも気づかぬわたしの心

ひとりきりあの日のことを考へてあくびひとつもかみ殺さざる

あきらかにわがものでなき髪の毛がいつぽん指にからみつきたり

正解はときに濁れりうつくしき誤答をわれは探しつづける

来年の夏はここにはゐないねと君はつぶやく店閉づる日に

バイトを探す

図書館の扉のあひより静寂がわづかに夏へこぼれ出したり

ポケットのひとつしかなき夏服を君のかをりとともにたたみぬ

眠れずに胸の奥より引きいだす最後の夏の君のほほ笑み

誰からも怒られぬ日とだれからも愛されぬ日がほそぼそつづく

新しきバイトを探す年末に錯綜したる手のひらのすぢ

マラソン

ランナーはまたたくうちに走り去りスタート地点はほころびはじむ

給水のコップをつかむ手袋に「集中」といふ文字が光れり

前を行く色とりどりの背中だけ目にやきつけてゴールへ向かふ

新たな名札

新聞にはさまる今朝の広告の一番上は「樹木葬」なり

ひもすがら川はいちづに流れゆき岸べの木木はまつすぐ伸びる

水底へ砂の沈みてゆくごとくとり戻したる静けき心

また別のコンビニエンスストアで新たなうすき名札をもらふ

川土手をあまたの白き靴がゆく制服姿の青さを乗せて

汚れたる窓の向かうにたそがれの坂を下りゆく背中が見ゆる

さびしさを忘れむためにくりかへしおむすび百円セールを叫ぶ

とりどりのサラダの並ぶコンビニに蝶が舞ひこみさうな夕ぐれ

いつまでも売れぬおでんの大根を励ましながらひつくり返す

それぞれの余命を確かめるやうに賞味期限に目を走らせる

信号の黄の点滅が終はるまであなたのことを忘れて働く

どのくらゐ本気で生きればいいですかブラックホールが少しふるへる

うつし世の荒き波間をこぎ渡る三十一文字はたましひの舟

題詠　待レ花

黒ぼこのぬくきかをりに包まれて風の向かうに花を待ちをり

をととひの夜

をととひの夜、で始まりささやかな桜の雨をあなたは告げる
新しき動詞をあまた生みだして花のあはひにをさなは遊ぶ

眠さうな人の列なすバス停にバスはゆつたりからだを寄せる

一度だけ行きしあなたのふるさとの枯れ葉の音を今も忘れず

いつまでも消えぬあなたの面影にしなだれかかるふぢの花房

オバマ氏　来広

オバマ氏のうすき鞄を運びたる男の上を鴉が渡る

どのくらゐ眠るのだらうライオンは象はキリンは大統領は

生きるために

川べりの石ころたちが先の世の記憶に騒ぎ始める夕べ
枯色の落ち葉を踏みて足早にもとの職場の前を通りぬ

並び立つカミソリバナナのくれなゐが悲しみを抱く胸に飛び火す

目が覚めるたびに時計を確かめてバイトの時間へ逆算をする

昨晩と同じ痛みに会ふために今宵も同じ坂を下れり

雨つぶが雨つぶを追ひかける夜わたしは生きるために働く

真夜中の駐車場にてうろうろと光るごみだけ集めてまはる

火をつけてもらへぬままに老い初むる君と買ひたる線香花火

今月でバイトを辞めると言ふ君をもう羽ばたけぬ我はうらやむ

あをぞらへ大きく息を吐き出せば飛べる力が心にたまる

カープ優勝

二十五年ぶりの歓喜に沸く街の風に触れつつバイトに励む

優勝をいくども喜びあふ声が平和大通りにしみわたる

確かな心音

天空に一編の詩を読むごとく窓辺で君は雨をながむる

ひさびさに君と語らふ時を得て言ひたきことの半分を言ふ

眠りたる君の確かな心音をあかとき闇に手のひらで聴く

あいまいな想ひにおぼれさうだつた君の名前を知る夜までは

冬よりまぶし

何のため生まれて来たか夢のなか思ひ悩める四十三歳

枕辺に騒ぎはじめるアラームの二十時五分は鉛の重さ

肉体を腰の辺りで折り曲げて電動の刃を顔にめぐらす

半分に蒲団を折ればあらはるる畳の上のわづかな湿り

迅速にかつ丁寧にひとつづつ出かける前の儀式をこなす

こよひ着るシャツとズボンと制服は昼間のうちに清められたり

休まざる時計の針をにらみつつ戦ふために夕食をとる

歯をみがき顔を洗ひて魂の黒ずみたるは知りつつ忘る

忘れずにいつもの通りしみじみと外へ行きたくないと思へり

わが脳がひとり決めする法則にがんじがらめになるわが身体

さは言へど右も左も靴先は近き未来の方へ向きをり

悲しみの言葉を逃さないやうにかばんに入れる小さな手帳

ハンカチは？財布は？夢は？目標は？出かける前に問ふ人もなし

玄関に散らばる花粉の黄の横を通りて傘を持たず出かける

復習も予習もせずに昨晩と同じ店へとわが身を運ぶ

少しづつ季節が変はることだけを楽しみにして同じ道ゆく

下りゆく坂の途中の柿の木の辺りでなかばあきらめてをり

このまんまどこかへ消えてしまはむと思ふ間もなくたどりつくなり

まだ誰にも選ばれてない商品をなだめるやうに整へてゆく

我を呼ぶ呼び方のみで今晩の君の機嫌を推し測るべし

真夜中の灰皿にある吸ひ殻のにほひが指の先にからめり

独り身の我の鼓膜へ君はまた家庭の影をとろとろこぼす

すぐそこに自分以外の死はあふれまた売り切れる香典袋

店内を見回るたびにかすかなる風を起こして春を呼び寄す

中指の欠けたる爪に触れながらレジの前にて来る人を待つ

ひとつづつ貼りつけらるる棒状のコードに赤き光を当てる

つぎつぎとレジがはき出すレシートの裏の白さが冬よりまぶし

みるみると君の翼は朽ち果てて死が救ひとぞ思ひはじむる

バス停で時刻を聞かれ無防備に時間《とき》と向き合ふわたしに気づく

まぼろしの雨に濡れたる坂道を足もとばかり見ながら帰る

春のつり革

人間の腕をずらりとぶら下げて時をりきしむ春のつり革

新しき書店の絵本コーナーの親子をよけて奥へと進む

わが部屋の棚にて眠る一冊と同じ歌集がひかりを発す

はぐれたるあなたの背が哲学と歴史の棚のあはひを泳ぐ

ほの暗き画面を指で目覚めさせ亡き人の名をさがしはじめる

あとがき

二〇一〇年の夏、庭に植えた向日葵は、蕾もつけぬままに、その細い茎をぐったりと折り曲げていた。

わが夢を占ひ蒔きしひまはりの蕾なきまま枯れゆかむとす

はじめて短歌をつくって、新聞の読者欄へ投稿をした。九月半ば、向日葵は小さな小さな花を咲かせた。十月、はじめてつくった短歌が、新聞に掲載された。活字になった自分の歌を見て、とても嬉しかった。その後、新聞、雑誌、大会等への投稿を始めた。

二〇一七年の夏、もう向日葵の種を植えることもなくなっていた。入選歌は、八百首あまりになり、歌集をつくってみたいと思った。

＊

これまで自分がつくってきた歌を読み返し、選別する作業は、数年間の自分と向き合うようで、懐かしく楽しいことでした。歌は、基本的に編年体で、Ⅰ部は二〇一〇年から二〇一三年、Ⅱ部は二〇一四年から二〇一五年、Ⅲ部は二〇一六年から二〇一七年の作品となっています。私の生きた証としての歌を、ひとりでも多くの方に読んでいただけたらと思っております。この歌集を手にしてくださった方々に、深く感謝いたします。

出版にあたっては、短歌研究新人賞応募時の選考委員であった米川千嘉子先生に、お忙しい中、歌稿の段階から出版まで丁寧にお読みいただき、さまざまなアドバイスをいただきました。本当にありがとうございました。装幀は『あやはべる』を担当された真田幸治氏に引き受けていただき、望外の幸せでした。最後に短歌研究社の國兼秀二氏、堀山和子氏に、心より感謝いたします。

二〇一八年　二月

熊谷　純

略歴

一九七四年　広島市生まれ。広島大学文学部文学科卒業。
二〇一〇年　短歌をつくり始める。
二〇一四年　近藤芳美賞受賞。

検印
省略

二〇一八年四月十八日　印刷発行

歌集　真夏《まなつ》のシアン

定価　本体二〇〇〇円
（税別）

著　者　熊《くま》谷《がい》　純《じゅん》

発行者　國　兼　秀　二

発行所　短　歌　研　究　社

郵便番号一一二―〇〇一三
東京都文京区音羽一―一七―一四　音羽YKビル
電話〇三（三九四四）四八二二・四八三三
振替〇〇一九〇―九―二四三七五番

印刷者　豊国印刷
製本者　牧　製　本

ISBN 978-4-86272-580-6　C0092　¥2000E